Impressum

Illustrationen: Oliver Ferreira
Lektorat: Bettina Pithan, Autorenfoto: Tim Pithan

Herstellung und Verlag: BoD – Books on Demand,
Norderstedt

ISBN 9783756845132

Markus Pithan   Olaf Zelewski

Vom Monbijou nach Wesselburen

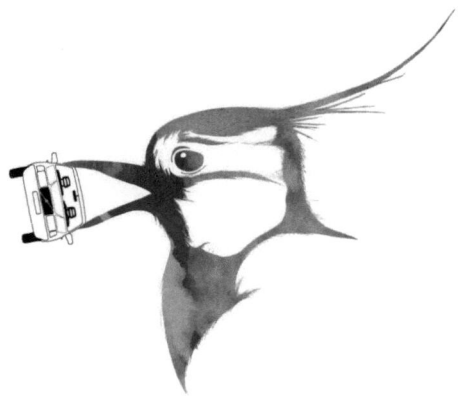

Ein Heimatlosenkrimi

Band 1

Warum, dachte ich, stürzt wohl das Gewölbe nicht ein, da es doch keine Stütze hat?
Es steht, antwortete ich, weil alle Steine auf einmal einstürzen wollen.

Heinrich von Kleist

„Letzte Nacht erschien mir im Traume ein seltsamer Vogel. Er sprach zu mir von Unruhen in meinem heimatlichen Dithmarschen. Ein Fieber des Volkes, das revolutionäre, aber, wie seltsam, es stirbt immer der König daran!

Doch sprach er nicht vom Heute, nein, von Zukünftigem redete er.

Was nur wieder zeigt: Der Geist wird wohl die Materie los, aber nie die Materie den Geist.

„Wirf weg, damit Du nicht verlierst!", so würde die Lebensregel lauten.

Klopfenden Herzens folgte ich ihm, gehörte doch oft mehr Mut dazu, seine Meinung zu ändern, als ihr treu zu bleiben.

Als Blinder, der vom Sehen träumt, kroch ich im Schlaf in mich hinein, wissend, der Traum ist der beste Beweis dafür, dass wir nicht so fest in unsere Haut eingeschlossen sind, als es scheint.

So nehmen Sie meine Hand und folgen mir. Wohl wissend: Wer nach den Sternen reisen will, der sehe sich nicht nach Gesellschaft um."

Friedrich Hebbel, Wien im November 1863

Im Volvo

Pierre Gilgenast wünschte sich, dass jemand einmal an die Scheiben des Volvos klopfen würde, während er dort saß. Jemand, der ‚Hey Pierre' rief. Der sich zu ihm setzte.

Gilgenast betrieb aus dem Volvo Kombi heraus sein einstmals renommiertes Architekturbüro. Auf einem Tablet fertigte er Skizzen an und schickte sie ins Büro, wo die Praktikantinnen den Rest zu erledigen hatten. Zuletzt hatte er in einem Großprojekt Kindergärten entworfen und dazu die alten Bunkeranlagen an der dänischen Westküste ausgiebig studiert. Baupläne aus dem Museumsführer des Bunkermuseums in Ringkjøbing waren von ihm kopiert worden.

Der Ansatz war, Kindergärten als Satellitengebäude zu bauen, deren Einheiten durch unterirdische Gänge miteinander verbunden waren. Er erhielt dafür eine Auszeichnung für nachhaltige Architektur. Diese wurde ihm aberkannt, als Recherchen der Hamburger Morgenpost die Deckungsgleichheit der Baupläne mit deutschen Bunkeranlagen an der dänischen Westküste ergaben. Ein Skandal.

Seitdem musste er sich mit kleineren Aufträgen durchschlagen. Während er im Auto arbeitete, hörte er Radio oder alte Kassetten und trank Kaffee.

Es klopfte an der hinteren Seitenscheibe. Klopfen? Es war eher ein Picken. Er drehte sich um. Die Rückbank war mit Kaffeebechern gefüllt, die sich bis zu den Scheiben stapelten. Er wühlte die Becher beiseite. Schließlich sah er den Schnabel zum Pickgeräusch. Der Knutt.

„Mach doch mal die verdammte Tür auf, Gilgenarsch!"

Gilgenast zog den Knopf an der Beifahrertüre hoch und der Knutt öffnete, wobei einige Kaffeebecher aus dem Wagen auf die Straße fielen. Der Vogel glitt auf den Velourssessel des Volvo.

"Die alte Karre habe ich doch gleich erkannt! Was machst Du denn hier?"

„Ich arbeite." murmelte dieser.

„Arbeiten? Ich war gerade mit Manuel in Eckernförde Aal-Currywurst essen. Und danach waren wir im Wellenbad und in der Sauna. Du musst Dich auch mal locker machen!" prahlte der Knutt.

„Ich bin total locker." entgegnete Gilge.

„Es ist nicht Gott, der Dich richtet. Die Gesellschaft richtet Dich so zu." belehrte ihn der Knutt ungefragt.

Mann unter Schafen

„Willst du die Geschichte vom Mann unter Schafen hören, die mir ein Kiebitz im Kirchspielkroog von Westerhever gezwitschert hat? Sie zeigt, wie ein Wort, falsch verstanden, einen Mann übel zugerichtet hat.", fragte der Knutt den verdutzten Gilgenast.

„Ja, ich will." entgegnete Gilgenast. Und wie durch Zufall begannen irgendwo Kirchenglocken zu läuten.

Es setzte ein sommerlicher Regen ein. Pierre war froh, dass er nicht in seinem Alfa Romeo Spider mit dem Leckdach saß. Dieser stand in einer der Garagen in Nienstedten. Seine Noch-Frau Cora saß wahrscheinlich nebenan in einem der Wohnzimmer und schaute den Rostocker Polizeiruf 110. Was hatte sie den Bukow angehimmelt. Und was hatte er, Gilgenast, ihm nachgeeifert. Er hatte sich sogar einen Parka, Jeans und Red Wing Stiefel gekauft und diese mit einer Stahlbürste gewaschen, um jenen abgefuckten Bukow-Look zu imitieren. Es hatte nicht gereicht.

„Wer mit dem Teufel Suppe essen will, sollte einen langen Löffel haben." seufzte Pierre in Gedanken an jene Zeit. Der Knutt betrachtete ihn amüsiert und besorgt.

„Denkst Du gerade daran, wie Du damals Bukow nachgeeifert hattest, damit Deine Frau Dir mal wieder einen abkaut?"

So hatte sich Gilgenast den ersehnten Besuch keineswegs vorgestellt: Kaum versah man sich, war man in Zusammenhänge verstrickt.

„Im Hinterland von Westerhever", so hub der Knutt an, „zwischen den Deichen inmitten von Kuh- und Schafsweiden gibt es an einer Wegkreuzung, die die Haubarge und einsamen Höfe miteinander verbindet, einen unheimlichen Ort. Hier lagern die Bauern die Kadaver verendeter Tiere: Kühe und Schafe zumeist, manchmal auch ein Pferd dazwischen. Gelegentlich von einer Plastikplane notdürftig bedeckt, in der Regel jedoch nackt und unverblümt tot. Die Totenstarre lässt manchmal die Beine wie Pfähle oder Fahnenmasten senk-

recht in den Himmel ragen und wenn du dort vor-
beikommst, starren dich im Vordergrund die toten
Augen und direkt dahinter von der Weide die
schwermütigen dunklen Augen des grasenden
Viehs an. An manchen Tagen, nach Unwettern vor
allem, ragen die Kadaver, aus der Ferne betrachtet,
wie Berge aus der ansonsten völlig flachen Landschaft hervor. Totenhügel. Schafsberge."

Gilgenast schluckte hart. Ein Schauer kroch ihm
das Rückgrat empor. „Erzähle schon weiter." flüsterte er.

"Der Kiebitz schlürfte einen Schluck heißen Tee
mit Köm, bevor er weitererzählte," fuhr der Knutt
fort.

„Die Gegend hier birgt viele Mysterien und
Schönheiten, aber auch Gefahren und Unwägbar-
keiten. Dies prägt die Menschen, die hier leben
und so erschafft die Landschaft Sonderlinge mit
gegerbter Haut, grimmigen Blicken und herzli-
chem Lachen. Manche wirken wie knorrige Bü-
sche, die dem Wind schon immer trotzen. Dabei
entwickeln sie wie die Pflanzen eine manchmal
bizarre, aber atemberaubende Schönheit.

So fiel auch jene seltsame Gestalt, die seit ein paar

Wochen durch die Marschen streifte, zunächst nicht besonders auf.

Es war ein hagerer Mann, vielleicht fünfzigjährig, vielleicht älter, vielleicht auch jünger, von gebeugter Haltung und etwas von einem Fliehenden im Gestus. Er trug bei jedem Wetter einen schwarzen Hut, der wie auch immer jedem Wind trotzte, einen langen grauen Regenmantel und schlickverkrustete Stiefel.

Er wurde immer in der Nähe von Schafen gesehen. Manchmal stand oder hockte er unbeweglich vor den Weiden und starrte auf die Tiere, manchmal folgte er den Herden auf ihren endlosen Wegen über die Deiche, durch die Salzwiesen bis hinein in den Schlick oder hinaus auf die Sandbank vorm Leuchtturm.

Einige Bauern behaupteten, ihn weinen gesehen zu haben, während er auf die Schafe starrte, andere vermeinten gehört zu haben, dass er vor sich hinzählte.

‚Ich glaube, er zählt Schäfchen‘, sagten sie; und beim Eiergrog im Kroog ging die Frage herum:

‚Heute auch schon den Schafmann gesehen?‘

Da war es nicht verwunderlich, dass an jenem Abend im Oktober alle Gespräche im Kirchspielkroog schlagartig verstummten, als er - gebeugt, schlurfenden Schrittes und mit scheuem Blick - den Raum betrat. Er war es wirklich. Der Schafmann mit Hut, Regenmantel und lehmverschmierten Stiefeln. Manche, die an jenem Abend anwesend waren, behaupteten, dass am Lehm an den Stiefeln Reste von Schafwolle hafteten.

Jedenfalls setzte er sich an einen freien Tisch und

bestellte mit leiser Stimme einen Tee.

‚Na, heute bei den Schafen gewesen?', fragte die Bedienung vollkommen ernst. Der Blick des Fremden ließ Spott und Ironie keinen Raum.

„Ja', antwortete er. ‚Ich möchte immer unter Schafen sein.'

Keiner ahnte an diesem Abend im Kirchspielkroog Westerhever, welch grauenhafte Bedeutung diese harmlosen Worte in gar nicht allzu ferner Zukunft erlangen sollten."

„Ich hole mir einen neuen Flat White." murmelte Gilge. „Und dann musst Du weitererzählen. Das ist ja die Story des Jahrhunderts. Oder zumindest seit den Nullerjahren. Seit dem weißen Album von Tocotronic. Möchtest Du auch etwas?" fragte er, das Fahrzeug verlassend. Dem Knutt fiel auf, dass Pierre Gilgenast keine Schuhe trug, sondern auf Strumpfsocken zur Playground Coffee Kaffeeklappe hinüberschlurfte. „Ja, eine Fanta Exotik bitte!" rief er ihm noch hinterher. Doch zu spät. Gilgenast kehrte mit zwei Flat Whites zurück und fiel schnaufend ins Veloursleder.

„Was piekt denn da so?" Der Knutt griff sich in den Nacken und hielt Pierre einen Flügel voll kleiner Buchstaben vor die Nase, deren vernarbte Spitze eine solide Hafermilchschaumkaffeekruste bedeckte.

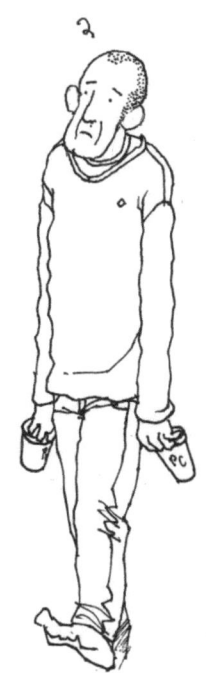

„Was zum Geier ist das?" zeterte das notorisch unterschätzte Federvieh. Im gleichen Augenblick forderte eine piepsige Stimme aus den Tiefen des Kofferraumes: „Erzähl schon endlich weiter, Du Vogel!"

„Hahaha, was ist DAS denn? Gilgenarsch?" lachte der Knutt.

„Das ist eine alte Bücherkiste aus einem dänischen Rote Kreuz Laden nahe Hvide Sande, die uns mit Buchstaben bewirft. Wegen der Sache mit den Kita-Bunkern."

Der Knutt verschluckte sich am Kaffee vor Lachen.

„Ich habe davon in der MOPO gelesen. Kita-Bunker. Gilge. Was hast Du Dir dabei eigentlich gedacht?" schüttelte der Knutt den Kopf.

In diesem Moment suchte Pierre endlich einmal

wieder ein Gefühl heim, was dieses Mal jedoch nicht nur am Kaffee lag. Diese ganz normale soziale Situation bereitete ihm eine derartige Freude, dass es ihm Bange wurde. Angefangen mit der Schauergeschichte, die der Vogel zum Besten gab, bis hin zu der Situation mit den Buchstaben, das alles suggerierte ihm eine Alltäglichkeit, die es in seinem Leben schon lange nicht mehr gab. Er wusste um die Flüchtigkeit dieser Situation. Er nahm einen Schluck vom Kaffee, den er wieder und wieder über die überreizten Synapsen in seiner Mundhöhle spülte.

Der Knutt fuhr fort: „So kam es, dass der Schafmann in den Wochen nach der Begegnung im Krug zu einem Teil der Landschaft wurde wie die Möwen, die Binsen, die Deiche, die Rinder und Schafe. In deren Nähe war er immer zu finden. Manche meinten ihn zur gleichen Zeit an unterschiedlichen Stellen gesehen zu haben. Aber wenn schon, was hieß das schon? Hier trotzte man täglich dem blanken Hans, was machte es da, wenn man so einen Hanswurst an mehreren Orten gleichzeitig gesehen zu haben schien?

Man sah ihn draußen bei Regen und Sturm, in der

herbstlichen Mittagssonne, im Morgengrauen und in der Abenddämmerung. Sogar nachts sah man ihn zwischen den Schafen kauern. Oben am Deich zeichnete sich seine gebeugte Silhouette neben der der ruhenden Schafe im Widerschein des Mondlichts deutlich ab.

Man nahm dies alles mit leichtem Spott und manchmal auch mit Kopfschütteln hin. Aber machten nicht auch die Gänse seltsame Geräusche? Und reckten die Rinder nicht ihre Hälse ins Nichts, als würden sie dort etwas erblicken, was nur ihnen sichtbar war?

War man in der Nähe, winkte man ihm kurz zu. Er antwortete dann mit einem Nicken und murmelte etwas vor sich hin.

Mittlerweile kam er regelmäßig in den Kirchspielkroog und trank dort seinen Tee.

Es war ein Ritual geworden, ihn mit den Worten zu begrüßen: ‚Na, wieder bei den Schafen gewesen?‘ Und er antwortete immer: ‚Ja, ich war bei den Schafen. Ich wäre gerne für immer unter Schafen. Ich möchte immer unter Schafen sein.‘

Das wäre vielleicht für immer so weiter gegangen. Mittlerweile aber war Winter geworden und die

Stürme tobten. Es war gefährlich, Tag und Nacht dort draußen zu sein. Die Leute begannen sich Sorgen zu machen und schrien dem Schafmann durch den Sturm hindurch zu: ‚Geh nach Hause, Mann! Der Sturm ist zu stark und die Nacht zu kalt.'

Doch der Schafmann schrie immer die gleichen Worte zurück, manchmal stumm, weil gegen den Sturm. Aber man musste die Worte auch gar nicht verstehen, die er schrie, denn es waren immer die gleichen: ‚Ich möchte unter Schafen sein!'

Auch im Kirchspielkroog hatte sich die Stimmung verändert. Immer noch gebeugt und verhuscht, war der Schafmann dennoch irgendwie selbstbewusster geworden. Schon bevor die Begrüßungsfloskel ausgesprochen war, unterbrach er mit den Worten: ‚Ich möchte immer unter Schafen sein.'

So kam es, dass er bald nur noch wortlos empfangen wurde und ungefragt seine mittlerweile enervierende Floskel aussprach, die jedoch immer weniger wie eine Floskel klang, sondern gar mit jeder Wiederholung an Bedeutung zu gewinnen schien. So bekamen seine Besuche im Kroog zunehmend etwas Unheimliches, ja Bedrohliches. ‚Ich bin ihm einige Male dort begegnet', gestand mir der Kiebitz, und jedesmal lag etwas Bleiernes in der Luft. Jedes Mal, wenn ich die bekannten Worte hörte, überzog mich ein kalter Schauer. Und immer, wenn ich den Kroog betrat, hoffte ich, er hätte sie schon ausgesprochen oder würde dies erst tun, wenn ich den Raum verlassen hatte.'

Dies alles führte dazu, dass man den Schafmann mied und einer Begegnung in den Salzwiesen oder auf dem Deich auswich.

Er aber erblickte einen schon von weitem, hob die Hand zum Gruß und auch wenn der Sturm noch so sehr wütete oder man sich die Hände vor die Ohren presste: Man hörte überdeutlich seine Worte: ‚Ich möchte immer unter Schafen sein!'

Aus wohlwollendem Spott war Ärger, aus Ärger Unbehagen und aus Unbehagen Schauder geworden.

Und dieser Schauder rührte an ein tiefes, archaisches Wissen, welches den Bewohnern dieser Küstenregion innewohnte. Es weckte die Erinnerung an vergessen geglaubte Geschichten und Legenden, die nun langsam, aber unaufhaltsam wieder an Gegenwart und Wahrhaftigkeit gewannen.

Und jene Geschichte, die sich nun fast von selbst zu erzählen begann, war jene vom Westerheversand und Greta, der unglücklichen Tochter von Onno von Ahnen, dem Kapitän von der Lammerswarft.

‚Eigentlich wollte sich niemand an die Geschichte erinnern, die sich zur Zeit der Walfänger hier an der Küste zugetragen hatte. Denn sie enthielt eine Versuchung, von der man am besten nichts wissen wollte, und bisher hatte ihr auch niemand nachgegeben, wohl auch, weil man sich die Geschichte von Onno von Ahnen und seiner Tochter Greta nur raunend erzählte. Wenn man sie sich überhaupt erzählte. Aber trotz des Tabus, das auf ihr lastete- oder sogar genau deswegen - kannte sie jeder bis ins Detail. Wenn sie sich manchmal einschlich (in stürmischen, schlaflosen Nächten vor allem), redete man über sie hinweg oder legte noch etwas Holz im Ofen nach, um sich abzulenken und sie so wieder in ihre Kiste ganz hinten im Hirn zu sperren.

Tatsächlich merkte ich, dass es selbst dem Kiebitz schwerfiel, diese alte Geschichte zu erzählen. Er redete stockend, wich aus, schweifte ab.

‚Hier, nimm noch einen!', sagte ich und schob ihm

noch einen Köm zu. ‚Und dann gerade raus damit.'

Der Kiebitz nickte, nahm einen kräftigen Schluck, wischte sich mit dem Flügel den Schnabel ab und begann mit ruhiger, entschlossener Stimme:

‚Onno von Ahnen lebte mit seiner Tochter Greta alleine auf der Lammerswarft direkt am Deich gegenüber Pellworm. Seine Frau war bei der Geburt Gretas gestorben. Onno, bis dahin ein berühmter Kapitän der Amrumer Walfangflotte, hatte nach dem Tod seiner geliebten Frau der Seefahrt Lebewohl gesagt und eben jene Lammerswarft gekauft, wo er sich seither voller Liebe und Hingabe der Erziehung Gretas und der Rinder- und Schafzucht widmete.

Er konnte die Bauern überzeugen, auch das Deichvorland zu beweiden und errichtete Nähe Westerheversand jene kleine Warft, Schafsberg genannt, die noch heute erhalten ist. Bei Sturmfluten hatten die Tiere so die Möglichkeit, sich auf dieser Anhöhe vor dem Ertrinken zu retten. Auch Wildtiere fliehen bis zum heutigen Tag vor den plötzlich hereinbrechenden Fluten dorthin.

Im Inneren seines Herzens war Onno jedoch immer Seefahrer geblieben und jeden Tag sah man ihn auf dem Deich stehen, den Blick sehnsuchtsvoll hinaus aufs Meer gerichtet. Nur die Liebe zu seiner Tochter war stärker als die Liebe zur See.

Am 15. Geburtstag von Greta standen Vater und Tochter auf dem Deich und blicken hinaus auf den Heverstrom, der irgendwo dort draußen voller Macht, aber unsichtbar unter der Wasseroberfläche dahinströmte. Da umfasste Greta ihren Vater, drückte sich an seine Seite und hauchte ihm den Satz ins Ohr, den er sich schon immer heimlich zu hören gewünscht hatte, als er in endlosen Stunden hinaus aufs Meer geblickt hatte: ‚Mein Mann wird einmal ein Seemann sein.‘ Tränen des Glücks schossen ihm in die Augen und er umarmte sein Kind voll Innigkeit.

Und man wird deshalb erahnen können, welch Glückseligkeit ihn erfüllte, als gut vier Jahre später Greta gestand, Arne Knudsen zu lieben, jenen jungen Seemann aus Garding, der unlängst sein Patent abgelegt hatte und in drei Monaten seine erste Fahrt als Kapitän ins Polarmeer antreten sollte.

Nach seiner Rückkehr im Mai sollte die Hochzeit sein und Onno teilte jedem, dem er begegnete, seine Freude mit. ‚Meine Tochter und Arne aus Garding lieben sich. Du weißt, jener Kapitän Arne, der in Kürze seine erste Fahrt ins Polarmeer antreten wird. Im Mai wird die Hochzeit sein.'

Auch Greta war glücklich. Sie war erfüllt von der Liebe zu Arne und zudem spürte sie die unbändige Freude ihres Vaters. Wie schön war es, ihm, der sein ganzes Leben nur ihr gewidmet hatte, nun ihrerseits etwas zurückgeben zu können. Große Dankbarkeit erfüllte ihr Herz. Und sie dachte bei sich, dass sie nie so glücklich gewesen war und vielleicht nie wieder ein ähnliches Glück empfinden würde wie in jenen Tagen der ungetrübten Liebesseligkeit. Was störte sie da schon der Regen, der aus vereinzelten dunklen Wolken ins grüne sommerliche Gras fiel. Oft trat sie nach draußen, um sich von diesen Schauern durchtränken zu lassen.

Als Onno sie so sah, dachte er oft: ‚Nie hätte ich gedacht, noch einmal so glücklich zu sein. Ach, so viel Glück wird mir nie wieder beschieden sein.'

Wie wahr, Onno von Ahnen; wie wahr!

Der Kiebitz stopfte sich eine Pfeife und nach ein paar tiefen Zügen fuhr er fort:

‚Je näher Arnes Abfahrt rückte, umso unruhiger

wurde Greta. Anfangs dachte sie, es sei der aufkommende Trennungsschmerz, doch mit jedem Tag wuchs die Unruhe an, wurde zu Sorge um den Geliebten. Wenn sie ihm davon erzählte, tröstete er sie, verwies auf sein Können und die Sicherheit des neuen Schiffes, mit dem er in See stechen würde. Und malte ihnen seine Rückkehr aus und die anschließende Hochzeit.

Doch jedes Mal, wenn sie nachts wieder in ihrem Bett lag, erfasste sie Panik. Schlummerte sie ein, erschienen ihr schreckliche Traumbilder des Geliebten: sein bleiches Gesicht mit schwarzen Augenhöhlen, sein aufgetriebener Leichnam, der auf dem Wasser schwamm, oder wie er, verzweifelten Blickes auf seinem sinkenden Schiffe stehend, ihr zuwinkte.

Jeden Abend, jede Nacht die gleichen Bilder, die immergleichen schrecklichen Alpträume.

Aus einer Vorahnung wurde Gewissheit: Arne würde nicht zurückkehren von dieser Reise.

Sie flehte ihren Geliebten an: ‚Fahre nicht! Bleib bei mir! Du wirst sterben dort draußen! Fahre nicht!'

Seine anfängliche Entschlossenheit weiche durch

ihr Flehen zusehends auf. Denn er liebte sie wirklich, seine Greta. Mehr als alles andere auf der Welt. Und er begann, ihr zu glauben. Spürte die Bedrohung und das nahende Unheil.

‚Aber dein Vater; was ist mit deinem Vater? Er war so stolz. Wird er nicht enttäuscht sein, wenn ich bleibe?'

‚Wenn es nur das ist!', rief Greta. ‚Er liebt mich über alles und wird meine Sorge verstehen. Noch jetzt laufe ich los, um mit ihm zu reden!'

Voll aufkeimender Hoffnung, den Geliebten zu retten, machte sie sich auf den Weg zur Lammerswarft und erzählte ihrem Vater alles, was sie in den letzten Wochen erlebt und mit Arne besprochen hatte.

Doch wie anders als erwartet fiel die Antwort des Vaters aus.

Voller Zorn herrschte er Greta an.

‚Was maßt du Dir an, einen Seemann an seinem Aufbruch hindern zu wollen? Deine Mutter hätte dies nie getan. Und glaube mir, sie hatte oft genug Grund dazu! Nie darfst du Zweifel im Herzen eines Seemannes säen. Wie enttäuschst du mich. Wie kannst du nur Arne und mir derartiges antun! Aber wie du willst: gleich morgen gehe ich zu ihm, um mit ihm zu reden.'

Niedergeschmettert und verzweifelt ging Greta zu Bett. Sie weinte die ganze Nacht. Sie war fassungslos ob der Reaktion ihres Vaters. Wie hatte sie ihn gekränkt! Würde diese Kränkung jemals wieder heilen? Aber wie groß war seine Liebe zu ihr, dass er dennoch morgen nach Garding fahren würde, um mit Arne zu reden. ,Bitte verzeih mir, Vater!', dachte sie, als sie im Morgengrauen endlich einschlief.

Am frühen Morgen hatte Onno das Haus grußlos verlassen, um nach Garding aufzubrechen. Voller Unruhe erwartete sie seine Rückkehr. Doch als er am Nachmittag zurückkehrte, verschwand er wortlos in seinem Zimmer, das er kurze Zeit später wieder verließ, um draußen in der Marsch nach den Tieren zu sehen.

Voller Ungeduld spannte Greta den Wagen an und erreichte nach rasender Fahrt atemlos das Haus des Geliebten.

,Und, hat er mit dir geredet?', rief sie ihm zu und wollte sich in seine Arme werfen. Doch sein Anblick ließ sie erstarren. Kalt und abweisend stand er ihr bleich gegenüber.

‚Ja, wir haben geredet.', antwortete er.

‚Ich werde fahren. Übermorgen stechen wir in See. Er wird der Hochzeit nicht zustimmen, wenn ich bleibe. Er ließ mir keine Wahl. Und jetzt gehe bitte, ich muss die letzten Vorbereitungen treffen für die Reise.'

Niedergeschmettert verließ Greta das Haus und wie in Trance erreichte sie im Dunkel der Nacht die Lammerswarft, die sich unheilvoll vor ihr auftürmte.

Zwei Tage später stach Arne in See und das Schicksal nahm seinen Lauf.

Die Pfeife des Kiebitz war ausgegangen. Er zündete sie neu an und stopfte den Tabak nach.

‚Ja, ich weiß: eine Floskel, das mit dem Schicksal, das seinen Lauf nimmt. Aber manchmal gibt es einfach nichts besseres. Ich könnte auch sagen: Es kam, wie es kommen musste. Arnes Schiff zerbarst an einem Eisberg oben im grönländischen Meer oder an einem Felsen bei Sturm. Jedenfalls fand man Planken seines Schiffes an nördlichen Stränden. Die Besatzung hatte die See für immer verschlungen.

Die Nachricht von dem Unglück erreichte Westerhever ein paar Wochen später. Greta hatte schon
lange vorher Gewissheit vom Tod des Geliebten.
Er war ihr nachts erschienen, hatte ihr seine Liebe
geschworen und sie um Verzeihung für seine
Schwäche gebeten. Sie hatte ihn in ihren Träumen
in die Arme geschlossen, eiskalt und nass wie er
war und seine bleichen Lippen geküsst. Sie war
schon in Trauer, bevor die Nachricht vom Tod ihres Geliebten sie erreichte.

Außerhalb ihrer Träume jedoch war die Trauer
überdeckt vom abgrundtiefen Hass auf ihren Vater.
Sie hatte nur noch ein Ziel im Leben: ihm, der ihr
Leben zerstört hatte bis ans Ende seiner Tage
Schmerz zuzufügen. So, wie er es bei ihr getan
hatte.'

‚Seit den Geschehnissen vor Arnes Aufbruch hatten Vater und Tochter kein Wort miteinander ge-
sprochen. Als Onno nun die Nachricht von Arnes
Tod erhalten hatte, klopfte er zaghaft an Gretas
Tür, um auch ihr die Nachricht zu überbringen. Sie
öffnete die Zimmertür und er erblicke ihre verhär-
tete bleiche Gestalt. Und bevor er etwas sagen
konnte, sprach sie mit Eiseskälte: ‚Wie kannst du

es wagen, an meine Tür zu klopfen? Wie kannst du es wagen, mir etwas berichten zu wollen, von dem ich längst weiß?

Du und deine Eitelkeit bist Schuld am Tod meines Geliebten. Und du wirst Schuld an meinem Tod sein. Komme mir nie wieder unter die Augen. Nie wieder.' Und schloss die Tür langsam und ruhig. Endgültig.

Von kalter Wut erfüllt, zog sich der Vater seinerseits in seine Räume zurück.

Als er spätabends die Haustür ins Schloss fallen hörte, dachte er bei sich: ,Soll sie doch gehen. Soll sie mich doch verlassen.'

Warum nur war er ihr nicht gefolgt? Warum nur war er ihr in jener Nacht nicht nachgegangen, um sie um Vergebung anzuflehen? Um Verzeihung? Warum bloß hatte er ihr nicht seine Schuld eingestanden? So aber blieb er in seinem Zimmer, hart, gekränkt, voller Selbstmitleid.

Sie aber ging hinunter zum Strand, immer tiefer hinein ins eiskalte Wasser, bis die Strömung ihr die Füße wegzog und sie mit sich hinaus in den Heverstrom riss, der nie jemanden wieder hergegeben hatte, der sich ihm hingab.

Mittlerweile hatte sich der Kiebitz ein wenig die Füße vertreten und war wieder in die behagliche Wärme des Kroogs zurückgekehrt.

‚Du kannst Dir vorstellen, welchen Schmerz der Tod seiner Tochter in Onno von Ahnen auslöste. Trauer und Schuld trieben ihn an den Rand des Wahnsinns und er bereute sein Handeln zutiefst. Ja, Greta hatte Recht gehabt. Aus purer Eitelkeit hatte er an jenem Abend Arne unter Druck gesetzt. Er hatte gehofft, dass dieser sein Leben als Seefahrer an seiner Stelle gelebt hätte. Wie dumm. Wie eitel. Wie rücksichtslos und gewalttätig. Wie gerne hätte er die Zeit zurückgedreht. Aber vor allem: wie gerne hätte er sie wieder zurückgehabt. Greta, seine geliebte Tochter. Sein Kind.

In seiner Verzweiflung erinnerte er sich, dass sein Großvater ihm als Kind oft gesagt hatte, dass das Meer einem jeden Wunsch erfüllt, wenn es wirklich ein Herzenswunsch war. Einer, in dem es um Leben und Tod, um Glück oder Verderben geht. Man müsste diesen Wunsch nur täglich gegenüber dem Meer äußern, immer am gleichen Ort und bei jedem Wetter. Aber man müsste genau wünschen. Wenn das Meer Wünsche erfüllte, dann wörtlich und präzise.

Onno wusste genau, was er sich wünschte: Er wollte, dass Greta wieder bei ihm wäre.

Und fortan sah man ihn Tag für Tag auf dem Schafsberg vor dem Deich bei Westerheversand, wie er hinaus ins Meer schrie: ‚Ich will meine Tochter zurück! Gib mir meine Tochter zurück!‘

Tag für Tag, Woche für Woche schrie er diese Worte hinaus und die entsetzten Marschbewohner wussten: er würde damit erst enden, wenn er tot oder sein Wunsch erfüllt sein würde.

Onno selber erlahmte nie. Von Tag zu Tag wuchs seine Verzweiflung, aber mit ihr auch seine Entschlossenheit. Und jedes Mal, wenn seine Stimme vom Schreien zum Erliegen kam, hielt er Ausschau nach ihr. Suchte am Strand nach Spuren und stellte sich vor, wie er sie in die Arme schließen würde, wenn sie aus den Fluten heraus oder durchs Watt auf ihn zukommen würde.

So auch an jenem Januarabend, als er erschöpft und verstummt vom Schreien den Spülsaum entlangging.

Es war bereits dunkel, nur der Mond starrte fahl über den Deich.

Da erblickte er auf der Sandbank einen großen weißen Fleck, ein Tuch vielleicht, nein, ein großer toter Fisch oder ein Seehund gar. Pochenden Herzens rannte er auf die Erhebung im Sand zu. Nein, es war größer, eindeutig ein menschlicher Körper. Ein Körper in ein weißes Gewand gehüllt. Trug nicht Greta am letzten Abend ein weißes Nachthemd? Und zeichnete sich dort nicht ihr langes dunkles Haar ab? Jetzt war er sicher: Sie war es! Das Meer hatte ihm Greta zurückgegeben! ‚Greta, Greta!', rief er mit gebrochener Stimme, als er strauchelnd auf sie zurannte. Jetzt war es eindeutig. Vor ihm lag im Sand, umspült von Meerwasser, das Gesicht von ihm abgewandt, seine Tochter. ‚Greta, mein geliebtes Kind! Du bist zurück!', schluchzte er, kniete nieder und drehte sie zu sich hin. Aber unbeschreiblich sein Entsetzen, als er in die leeren Augenhöhlen blickte, in das nahezu völlig skelettierte Gesicht, von Algen überzogen und teilweise von Seepocken besetzt. Und erst jetzt nahm er den entsetzlichen Gestank des aufgedunsenen Leibes wahr, den er in den Armen hielt.

Das Meer hatte seinen Wunsch erfüllt. Zweifellos. Niemals gab der Heverstrom irgendetwas an der gleichen Stelle zurück, an der er es aufgenommen hatte. Das Meer hatte ihn erhört. Aber er hatte nicht genau genug gewünscht. Er hatte ein Wort falsch gesetzt oder vergessen.

Das Meer hatte seinen Glauben belohnt, seine Hoffnung erfüllt. Aber auf welch fürchterliche, grausam wörtliche Weise!

Warum Onno nach diesem Erleben nicht wahnsinnig wurde, wusste niemand zu sagen.

Da man Selbstmördern damals keine christliche Beisetzung gestattete, begrub Onno seine geliebte Tochter nahe der Lammerswarft an einer Wegkreuzung, die die Haubarge und einsamen Höfe miteinander verbindet.

Er lebte bis zu seinem Tode einsam und zurückgezogen auf seiner Warft. Bei den seltenen Begegnungen, von denen man sich erzählte, sagte der traurige Mann mit einem seltsamen Leuchten in den Augen: ‚Das Meer erfüllt Dir jeden Wunsch. Wenn es ein Herzenswunsch ist, einer, bei dem es um Leben und Tod, um Glück oder Verderben geht. Du musst ihn täglich am gleichen Ort dem Meer anvertrauen. Dann wird ihn das Meer Dir eines Tages erfüllen. Aber wünsche genau und setze jedes Wort mit Bedacht! Wünsche genau!' Traurig lächelnd setzte er danach seinen Weg grußlos fort.'

‚Diese Geschichte also war es, die den Leuten in den Sinn kam, als der Schafmann zunehmend zu einer Last wurde.'

Der Kiebitz wirkte erschöpft. Und mir war klar, dass er auch von sich sprach, wenn er von den ‚Leuten' redete.

„Jetzt brauch ich erst mal ein Bier', sagte er. ‚Mein Schnabel ist total trocken.'

In einem Zug trank er das frisch Gezapfte, putzte sich kurz das Gefieder und fuhr dann mit entschlossenem Ton fort:

‚Man kann sagen, dass die Geschichte mehr als hundert Jahre in einer Kiste eingeschlossen war, doch der Druck, den der Schafmann durch seine Anwesenheit auf die Bewohner legte, war so stark geworden, dass es nur noch eine Frage der Zeit war, bis etwas von diesem Druck abgelassen werden musste, in dem irgendwer die Kiste einen Spaltbreit öffnete.

So war es Nils Petersen, der Bauer von der Knudsenwarft, der an jenem stürmischen Dezemberabend kurz vor Weihnachten den Schafmann unterbrach, als dieser im Kroog wieder seinen quälenden Satz sagen wollte.

‚Jaja,‘, sagte Nils mit ruhiger Stimme. ‚Wir wissen, was du sagen möchtest. Wenn dein größter Wunsch sich erfüllt, versprichst du dann, uns nicht mehr zu behelligen und uns wieder in Frieden zu lassen?‘

Durch die unerwartete Ansprache eingeschüchtert, blickte sich der Schafmann nervös im Schankraum um. Dort war es totenstill. Keiner wagte, hörbar zu atmen. Hier war gerade etwas im Begriff zu geschehen, was niemals jemand erleben wollte, wonach sich aber gleichzeitig jeder heimlich gesehnt hatte.

Nach kurzem Zögern begann der Schafmann zu nicken.

‚Dann höre mir zu‘, sagte Nils Petersen mit immer noch ruhiger, aber unüberhörbar bebender Stimme: ‚Das Meer erfüllt Dir jeden Wunsch. Wenn es ein Herzenswunsch ist, einer, bei dem es um Leben und Tod, Glück oder Verderben geht. Du musst ihn nur an jedem Tag am gleichen Ort bei jedem Wetter dem Meer anvertrauen. Dann wird ihn Dir das

Meer eines Tages erfüllen. Unten am Schafsberg beim Leuchtturm ist dies vor langer Zeit einem Menschen widerfahren.

Aber wünsche genau und setze jedes Wort mit Bedacht. Wünsche genau!'

Nun war es gesagt. Es war wie eine Erlösung. Gleichzeitig jedoch, das war deutlich zu spüren, war etwas aus dem Inneren der lange geschlossenen Kiste unwiderruflich in den Raum eingedrungen. In den Lebensraum der Marschbewohner.

Der Schafmann jedoch stand mit Tränen in den Augen auf, umarmte Nils Petersen und ging lächelnd zur Tür. Kurz bevor er den Kirchspielkrug verließ, drehte er sich noch einmal kurz um. ,Danke!', sagte er und ging hinaus.

Wie zu erwarten war, sah man ihn fortan jeden Tag unten am Schafsberg, wie er dem Meer zurief:

,Ich möchte immer unter Schafen sein!'

Mit verlegenen Blicken vermied man in den abendlichen Gesprächen den Schafmann und seinen seltsamen Wunsch.

Überhaupt war es stiller geworden zwischen den Bewohnern des Hinterlands von Westerhever. Vergessen konnte man ihn aber nicht. Denn unbarmherzig erinnerte das Strahlen des Leuchtturms an ihn und bei jedem Lichtstrahl vermeinte man die Worte zu hören: ‚Ich möchte immer unter Schafen sein'.

Seit Tagen schon tobte der Sturm. Er war plötzlich hereingebrochen, so dass man die Tiere dort draußen sich selbst überlassen musste. Eine Sturmflut hatte die Deiche gefordert und die Menschen verschanzten sich auf ihren Warften, hinter den Mauern der Häuser, die schützend von den bizarren Hecken umgeben waren; sie saßen schweigend vor den Öfen und tranken starken Grog.

Nun war die Sturmflut überstanden, der Sturm blies weiter heftig, hatte aber seine tödliche Wucht verloren.

Es war Zeit nach den Tieren zu schauen.

Nils Petersen trat vor die Tür. Der Wind heulte und brauste entsetzlich. Mit ganzer Kraft stemmte er sich gegen die unsichtbare Macht. Sein Atem gefror und der peitschende Schnee bildete eine feine Eiskruste auf seinen Bartstoppeln. Nur mit großer Mühe erreichte er den Schuppen, in dem der schwere Traktor stand. Die Tür ließ sich kaum öffnen, so stark presste der Sturm sich entgegen.

Nils startete den starken Motor, der geräuschlos zu laufen schien, so laut tobte der Sturm. So fuhr er hinaus in die stürmische Nacht.

Die Scheinwerfer glitten über die Wiesen des Deichvorlandes. Die Schafe hatten sich in kleinen Gruppen eng aneinandergepresst.

So hatten sie, zu einem neuen, großen Schafsleib verschmolzen, dem Sturm getrotzt. So waren sie sicher.

Nils fuhr weiter Richtung Deich. Die Kälte hatte sich durch seinen Schneeanzug hindurchgefressen, die Haut seines Gesichts brannte. Am Fuße des Deiches das gleiche Bild: Kleine, eng aneinander gepresste Schafsgruppen. Nils bewunderte die Widerstandskraft der Tiere. Sie schienen sich vollkommen hinzugeben, auszuharren, ohne Ziel oder Hoffnung auf Besserung. Aneinanderschmiegen. Ausharren. Dies war das Gebot der Stunde.

Nils hingegen dachte nur an die wärmende Stube zu Hause. Er musste so schnell wie möglich seine Aufgabe abschließen und dann fort aus dieser Hölle, zurück in die Behaglichkeit des Haubargs.

Vor dem Deich schien alles in Ordnung. Jetzt stand ihm der schwerste und gefährlichste Teil der Aufgabe bevor: Er musste hinauf auf den Deich und Ausschau nach verirrten Tieren halten, die in Panik vielleicht in Richtung des Meeres geflüchtet waren.

Es war ihm nicht möglich, die Deichkrone aufrechten Gangs zu erreichen. Auf allen Vieren kroch er hinauf.

Die See hatte das gesamte Gebiet um den Leuchtturm überspült. Schon mit bloßem Auge konnte er erkennen, dass sich einige Tiere auf den Schafsberg hatten retten können.

Mit dem Fernglas suchte er die Fläche nach weiteren Tieren ab. Da entdeckte er in einem Graben, unmittelbar neben dem Weg zum Leuchtturm, zwei tote Schafe. Die waren wohl in den Graben geraten und dort ertrunken.

„Scheiße! Verdammte Scheiße!", durchfuhr es ihn. Nun musste er dort hinunter, die toten Tiere bergen.

Die riesigen Räder des Traktors bahnten sich ihren Weg zu dem Graben.

Nils Petersen nahm all seine Kraft zusammen und zog die Kadaver aus dem Graben. Zum Glück hatte das Salzwasser verhindert, dass sie am Boden festgefroren waren. So konnte er sie gut in die richtige Position bringen, das Seil an ihnen befestigen und sie mit dem Seilzug auf den Anhänger hieven.

Zitternd vor Anstrengung und schwankend blickte er noch einmal auf die toten Tiere. Sie glotzten an ihm vorbei irgendwo in die Ferne. Ein Schauder erfasste ihn. Würde er in die gleiche Richtung schauen, er würde das Nichts erblicken.

So schnell wie möglich setzte er den Traktor in Gang und fuhr los, zurück zum Deich.

Nun nur noch rasch Richtung Nordwesten, an der Lammerswarft vorbei zur Wegkreuzung und dort die Kadaver abladen und dann schnell zurück zum Haubarg. Zum Ofen. Zum Schnaps.

Schon sah er die Lichter der hinter den Bäumen verborgenen Häuser der Lammerswarft. Nur noch die eine Wegbiegung und dann die Wegkreuzung.

Im Scheinwerferlicht konnte er erkennen, dass schon ein Bauer vor ihm hier gewesen sein musste.

An der Sammelstelle lagen schon drei tote Tiere, die Beine des einen waren bizarr in die Luft gestreckt.

Zu seinem Leidwesen waren die Tiere auf seinem

Anhänger schon leicht festgefroren und es kostete ihn ungeheure Kraft, sie von dort hinunter zu den anderen Kadavern zu befördern.

Schließlich war es ihm aber gelungen. Er saß schon im Traktor und wollte gerade losfahren, voller Vorfreude auf seine warme Stube, als er vor Entsetzen erstarrte. Am Rand des Lichtkegels der Scheinwerfer war eindeutig eine menschliche Gestalt zu erkennen, die zwischen zwei Büschen kauerte.

Welcher Wahnsinnige konnte auf den Gedanken kommen, sich hier draußen aufzuhalten. Hastig sprang Nils vom Traktor hinab und rannte, den Wind, der aus der Richtung der See blies, im Rücken, auf die regungslose Gestalt zu.

Schon bevor er sie erreichte, erkannte Nils Petersen die unverwechselbare Kontur: der Hut, der lange Mantel, die Stiefel.

Bald hatte er ihn erreicht, den Schafmann. Er hockte dort, wie mit Mehl überzogen, regungslos vor sich hinstarrend.

„Scheiße, Mann! Was treibst du hier?", schrie Nils ihn an. „Los, steh auf und komm mit!"

Aber der Schafmann, mehr tot als lebendig, konnte

nicht mehr reagieren. Nils fasste ihn unter den Achseln und zog ihn hoch. Der Schafmann war überraschend schwer und hing wie ein nasser Sack an Nils Armen.

Mit letzter Kraft gelang es ihm, ihn ins Führerhaus zu hieven. Er hüllte den eiskalten Körper in die dicken Decken, die dort immer lagen, schlug ihm leicht auf die Wangen und massierte seine Hände, bis wieder etwas Wärme in ihn zurückkehrte.

‚Hey, Schafmann kannst du mich hören?'.

Ein leichtes Nicken zeigte, dass wieder Leben im Schafmann war.

‚Ich fahre dich jetzt zur Lammerswarft. Dort wärmst du dich auf und wir rufen den Arzt.'

Kaum aber hatte er diese Worte ausgesprochen, blickte ihm der Schafmann direkt in die Augen. Irgendetwas in seinem Blick ließ Nils innehalten. Überhaupt hatte sich die Atmosphäre schlagartig verändert. War der Wind abgeflaut? Hatte er seine Richtung geändert? Und dann war da dieses Geräusch. Wie sanftes Windheulen erst, dann wie Gesang. Ein unglaublich schöner Gesang, der vom Meer her erklang. ‚Sirenengesang!', durchfuhr es Nils. Ergriffen gab er sich den Klängen hin. Doch je genauer er hinhörte, umso besser konnte er erkennen, dass sich der Gesang zu Worten formte, die zusehends in ihn eindrangen und nach und nach an Lieblichkeit verloren, klarer und härter wurden, bis aus ihnen ein Befehl erwuchs, ein Drang, dem er sich nicht widersetzen konnte: „Er möchte immer unter Schafen sein. Er möchte immer unter Schafen sein." So klang es um ihn und in ihm immer lauter, verführerischer, herrischer.

Wie in Trance stieg er vom Traktor und ging auf den Haufen der toten Schafe zu. Mit riesiger Kraftanstrengung trennte er die bereits aneinandergefrorenen Leiber der Tiere. Zwei der Tiere legte er Huf an Huf gegenüber, so dass sich zwischen ihnen eine kleine Mulde bildete. Dann kehrte er zum Traktor zurück und zerrte den überraschten, aber immer noch völlig entkräfteten und bewegungsunfähigen Schafmann nach draußen, hin zur Schafsmulde und bettete ihn dort hinein.

Mit letzter Kraft zog er die anderen Kadaver herbei und legte sie über den Schafmann in der Mulde, bis lediglich eine seiner Hände aus dem Schafsberg ragte.

Dann rannte er los, gegen den Wind Richtung

Lammerswarft. Dort standen die Bauersleute an der Tür, als hätten sie ihn bereits erwartet.

‚Das Meer hat seinen Wunsch erfüllt. Es hat seinen Wunsch erfüllt', stammelte Nils.

‚Ich weiß, ich weiß!', sagte die Frau und schloss ihn die Arme.

‚Ich hoffe nur, er hat genau gewünscht.', sagte der Mann. Und unendlich tröstend fügte er hinzu: 'Wenn der Sturm sich legt, holen wir die Kadaver von der Wegkreuzung und verbrennen sie wie immer.'

‚Bleibe heute Nacht bei uns', sagte die Frau und der Mann legte Feuer nach, das behaglich zu knistern begann."

Die Tochter

Es begann zu regnen. Während der Architekt noch wartete, dass der Knutt mit seiner Schauergeschichte fortfahren würde, war der vormals so engagierte Erzähler eingeschlafen. Es klopfte an der hinteren Wagentüre. „Mach doch mal auf, Papa!" hörte Pierre die Stimme seiner fünfzehnjährigen

Tochter.

„Papa, warum stehst Du mit Deiner ollen Karre in dieser Seitenstraße? Und warum sitzt dieser komische Plastikvogel, den Du mir damals an der Bude auf dem DOM geschossen hattest, auf deinem Beifahrersitz? Mit einem Flat White im Flügel? Und warum habe ich keinen verdammten Flat White? Und überhaupt, Du bist so peinlich mit diesen Bunkern, ich werde jetzt richtig gemobbt!" Die Tochter vom Gilgenast blickte ihren Vater mit geübter Entgeisterung an. Der mobile Architekt seufzte. Leider fehlten seiner Tochter die nötigen Antennen, um den Knutt wahrzunehmen. Stattdessen sah sie lediglich ein schäbiges Stofftier.

„Leider fehlen Dir die nötigen Antennen, um den Knutt wahrzunehmen, stattdessen siehst Du dieses schäbige Stofftier." entgegnete er. „Darf ich vorstellen, der Knutt. Darf ich vorstellen? Meine Tochter Charlotte Gilgenast."

"Du hast doch komplett einen an der Waffel, Papa. Entschuldige mal." tippte sie sich an die Stirn.

„Hallo Charlotte! Schön, dass wir uns einmal kennenlernen." säuselte der Knutt und nippte am Kaffee. Er mochte keinen Kaffee.

Gilgenast musste lachen, gleichzeitig schauderte es ihm.

„Was lachst Du so? Außerdem scheinst Du mir überhaupt nicht zuzuhören! Oder was habe ich Dir gerade erzählt?"

Der Architekt schluckte.

„Papa, wo kommt dieser Qualm her? Das stinkt so! Kommt das etwa aus diesem Kuscheltier?! Es riecht irgendwie nach dänischer Lakritze oder sowas." Die Tochter hustete. Gilgenast betätigte sämtliche elektrische Fensterheber. Der Herbstwind fuhr einmal durch die ehemalige Familienkutsche und entfernte sämtliche Pappkaffeebecher, die auf der Simon von Utrecht Straße verteilt wurden.

„Aus dem Weg, alter weißer Mann!" schrie eine vorbeifahrende Fahrradfrau von der Antifa zu Gilge herüber. Gilgenasts Volvo stand auf dem Fahrradweg. Der Knutt zeigte ihr den Stinkeflügel.

Gilgenast schöpfte Hoffnung. Wenn seine Tochter den Pfeifenrauch vom Knutt wahrnehmen konnte, dann war da offensichtlich doch so etwas wie eine Antenne. Wenn auch noch nicht allzu stark ausgebildet. Man sagte allgemein, dass die Herzensbil-

dung der Kinder mit etwa zwölf Jahren abge-
schlossen sei, und die Wesen dann zu hoffnungslo-
sen Fällen mutieren, dem elterlichen Erziehungs-
einfluss zwar noch ausgesetzt, aber Tiefenwirkung
war nicht mehr möglich.

„Was hattest Du gerade erzählt, Charlotte? Entschuldige, ich war in Gedanken."

„Ich muss los, Papa. Tschö mit ö! Wir gehen noch
in die *Palette*. Pass bitte auf Dich auf!" mit einem
Seitenblick auf das Kuscheltier.

Sie öffnete die Türe und stakste mit dünnen Beinen in den Martens in Richtung Gänsemarkt davon. Drehte sich noch einmal um, hob die Hand und verschwand.

„Typisches rich kid." konstatierte der Knutt nüchtern. „Aber das Leben wird sich schon noch um sie kümmern."

Hatte sie wirklich „Tschö mit ö" gesagt? Das war doch so derartig uncool. Moment mal! Dass es schon wieder cool war! Gilgenast stürmte erneut zum Playground Coffee, orderte zwei Flat Whites und hüpfte ungeduldig von einem Bein auf das andere. Als er seine Kreditkarte durchgezogen hatte und endlich die begehrten Becher in den Händen hielt, blickte er den Barista grinsend an und schmetterte ihm ein ‚Tschö mit ö!' entgegen. Dieser grinste freundlich zurück unter seiner Trucker-Cap.

Wieder im Wagen hielt Gilgenast inne. Etwas in ihm, das lange Zeit wie eine lederne Faust geruht hatte, durch die Stärke des Drucks leicht pulsierend, löste sich. Wenn auch nur ein wenig, so spürte er doch, dass etwas begann, sich zu entspannen. Die Faust mochte vielleicht zwei Millimeter nachgegeben haben, doch es fühlte sich gut an, weich. Was war sein stärkster Wunsch? Sein Totem? Wohin zog es ihn? Zu weiteren hunderttausend Einweg-Kaffeebechern? Wohl kaum. Er versuchte, eine Frage in sich zu formulieren.

„Knutt?" Er blickte hilfesuchend zum Beifahrersitz, doch dort saß nur ein Stofftier.

Er war wieder allein. Gilgenast strich die Scheiben seines Volvos von innen schwarz. Zuvor entsorgte er sämtliche Playground Kaffeebecher und McDonalds Tüten. Die Erzählungen des Knutt hatten ein längst nurmehr glimmendes Feuer neu entfacht und der Dachstuhl seines Hauses stand in Flammen. Mehrere Tage und Nächte verbrachte er in seinem Wagen und ritzte mit einem Nagel Fragen, Wünsche und Herzen in die Scheiben.

„Dein Kampf gegen die Nazis, Gilgenast, Du hattest es jedem erzählt, Ich bin gegen Nazis, doch Dein vermeintlicher Mut, er hatte die Nazis nicht ausradieren können, weder im Außen, noch Deine inneren kleinen Spießer und Blockwarte. Im Gegenteil, Du hattest sie genährt. Dann hattest Du die Spiritualität entdeckt, doch anstatt im Frieden zu verweilen erzeugtest Du ein Monster, welches unter der falschen Flagge der Authentizität segelte.'

Vor Erschöpfung war Pierre irgendwann eingeschlafen. Schließlich klopfte jemand ans Seitenfenster. Zunächst zaghaft, dann knöchern bestimmt, als klopfte ein Skelett. Was nicht ganz falsch war, die klopfende Person war eigentlich tot. Es war Pierres ehemaliger Freund und Kommilitone Friedrich Schmerz.

„Schmerz." flüsterte Gilgenast. Und dann, fast zärtlich: „Friedrich."

Später saßen sie auf den Bänken vor dem Playground Coffee. Gilgenast hatte Sodbrennen.

‚Erstmal runterkommen.' murmelte Gilge. Er bibberte.

‚Tschö mit ö.' sagte schließlich Schmerz. Und verliess den Ort. Sie hatten sich nicht viel zu sagen gehabt. Der eine in einem aufsteigenden, der andere in einem absteigenden Prozess. Da spricht man nicht viel miteinander. Worüber auch?

Die Türme

Pierre Gilgenast wurde in den folgenden Monaten zusehends ungehaltener. Sein Herz mochte sich nicht weiter öffnen. Und die bereits erfolgte Öffnung schmerzte. Kleinigkeiten regten ihn auf. Er ereiferte sich über Begriffe wie ‚Arbeitgeber' sowie sein Pendant ‚Arbeitnehmer', er rief diese Begriffe in die städtischen Parks hinein, versteckte sich hinter Bäumen, steigerte sich in Namenskritik hinein, zum Beispiel ‚SPAR Markt Niemerszein'.

Schliesslich vergaß er, wo er den Volvo geparkt hatte. Er schlug sich in die Wälder und hauste einige Zeit in einer Scheune. Doch der Herbst begann feucht, es schimmelte, Gift für seine Lungen. Da seine Frau Cora das Architektenhaus in Nienstedten bewohnte, fiel ihm nur noch die Eigentumswohnung ein, die er in den Mundsburg-Türmen über die Jahre des Verrats behalten hatte.

‚Detlef Kienscherf'. So hieß der SPD Ortsvorsitzende in einem angrenzenden Stadtteil. Als Gilgenast auf der Suche nach seinem Wagen durch die Stadtteile der Hansestadt zog, blieb er vor einem SPD Plakat stehen und es durchfuhr ihn ein

Schmerz, als seine Augen diesen Namen erblickten. „Detlef Kiemenscherf", murmelte Pierre. Wenn es wenigstens Kiemenschärf geheissen hätte. Oder Kimenschärff. Das ginge zur Not auch noch. Seine Wohnung in den Mundsburg-Towers hatte er vor Jahren einige Male an den Hamburger *Tatort* als Location vermietet, sie diente dort dem Vorgänger von Milbe Möring als Loner-Mansarde.

Es mochte sein, dass Gilgenast morgens an der Mundsburg loszog, und ehe er sich versah war er in Wedel. Und es dämmerte. Meist fuhr er dann mit der Bahn zurück. Sein Volvo blieb jedoch bis auf Weiteres verschollen.

Gilgenast meinte, alle Menschen zu durchschauen. Er müsste nur einige Sätze von ihnen ablauschen und er erkannte ihre Lebenslügen. Er machte sich Notizen, kartographierte, und je mehr er entschlüsselte und jede decodierte Lebenslüge in eine kleine Faltbox steckte und in den Parks verscharrte, desto kälter wurde sein Herzchen, und er versuchte es an seinem rauchfreien High-Tech Feuer in seiner Wohnung über der Stadt zu wärmen, doch es missglückte. Es hatte einen Burn-Out.

An einem Mittwoch, als Gilge im Tower vor seinem Feuer saß und Faltboxen packte, schellte die Türklingel. Es war sein junger Freund Manuel.

„Der Knutt benötigt unsere Hilfe. Du musst mit mir sofort nach Dithmarschen kommen." japste er. Oben im Turm waren die meisten Wohnungen unbewohnt, es war permanent windig, immer wieder klatschten Raben gegen die Verglasung, die Scheiben waren vom Blut und Matsch der gefiederten Opfer trüb. Durch den Wind entstand ein beständiges auf- und abtönendes Pfeifen, was weiterhin dazu geführt hatte, dass immer mehr Menschen die oberen Stockwerke verlassen hatten. Wenn man ganz oben schließlich aufs Dach kletterte, welches mit ehemals weissem Kiesel bedeckt war, wenn man sich ganz an die Nordseite stellte, so konnte man bei klarer Sicht bis nach Sylt schauen. Und zwar bis zum Sylter Strandhotel Monbijou.

Irgendwann vorher in Wesselburen

„Ich glaube, ich bin in der Mauser.", dachte der Knutt, als er seine kahlen Stellen im trüben Spiegel seiner Absteige in Wesselburen begutachtete. Eigentlich hatte er zu den Feierlichkeiten im Kohlosseum gehen wollen. In diesem Zustand allerdings konnte er unmöglich vor die Tür gehen. Außerdem brauchte er dringend ein paar Pornohefte, eine Flasche Köm und Grünkohl aus der Dose. Er brauchte also dringend Hilfe. Die Krankenkasse würde wieder zu lange brauchen und außerdem hasste er es, die Formulare auszufüllen. Also musste mal wieder Manuel ran. Entschlossen wählte er seine Nummer.

Manuel saß gerade an einer Hausarbeit, als ein Telefon klingelte. Es war jedoch nicht sein Fairphone, das Klingeln kam aus einer Kiste auf dem Regal. Er holte die Kiste runter und zwischen einem Paar alter Sneakers, abgelaufenen Kondomen und leeren Batterien fischte er seine Nokia Klappbanane heraus. Es war der Knutt: „Manuel, Du musst den verrückten Architekten aktivieren und mit ihm zu mir nach Wesselburen kommen! Ich befinde mich in großer Gefahr! Und packt bitte Köm ein, und Grünkohl und diese Autobahnraststätten-Pornomagazine für Fernfahrer! Und etwas Cash!"

Wieder im Mundsburg-Tower

Daraus folgend saß Manuel bei Gilgenast auf dem Fußboden, stierte auf hunderte sorgsam gefaltete kleine graue Boxen und murmelte: 'Was ist das hier? Was ist mit Dir geschehen? Und was sind das für komische Boxen?'

‚Da drin sind Lebenslügen verräumt.' entgegnete Gilge, selbst nicht mehr so ganz überzeugt von dem Projekt der letzten Monate.

Die Mansarde

Der Knutt hockte unterdessen in seiner ehemaligen Knechtmansarde in Wesselburen und bibberte. Man hatte ihm den Strom abgestellt. Und der letzte Holzscheit im Ofen war gerade am verglimmen.

‚Manuel könnte sich etwas beeilen und den beknackten Architekten herschaffen.' sagte er zu sich selbst. ‚Ich habe nämlich noch etwas gut bei ihm.'

Draußen war es dorfdunkel. Nur das weiße Licht der einzigen Straßenlaterne spendete etwas Helligkeit, kam aber nicht gegen den Nebel an.

Es war so kalt im Zimmer, dass er die letzten Exemplare von „Gefiederte Welt", des „PM-Magazins" und der FKK-Postille „Naturgucker" in den Ofen werfen musste.

„Scheiße, hoffentlich besorgt mir Manuel die richtigen Hefte. Fernfahrerpornos. Und Köm.", dachte er und musste sich sehr beherrschen, um nicht selber in den Ofen zu springen. Nahezu ohne Gefieder war er den Widrigkeiten der winterlichen Witterung schutzlos ausgeliefert.

Die Kisten

Manuel öffnete eine der Kisten, holte einen Zettel heraus und las: „Morgen ist ein neuer Tag."
Hastig legte er den Zettel wieder zurück und schlug den Deckel zu. Er öffnete eine weitere Kiste.
„Mach weiter!", rief Gilge. Aber Manuel schüttelte entsetzt den Kopf.
„Dann eben nicht", sagte Gilge achselzuckend, öffnete die nächste Box und zog einen schreienden Säugling heraus.
„Mein Kind!", rief er tränenüberströmt und drückte das Baby an seine Brust. Dieses jedoch war unterdessen zu einem Bankangestellten geworden,

entzog sich seiner Umarmung und verkroch sich wieder in die Box.

„Bitte hör auf!" rief Manuel und sprang auf Gilge zu, der gerade die nächste Kiste öffnen wollte. Dabei stieß er jedoch einen Stapel von Kisten um, deren Inhalt sich in den Raum ergoss. Hunderte von sprechenden Zetteln wirbelten durch das Zimmer und sie riefen: „Alles wird gut! Alles wird gut! Du schaffst das schon! Mach einfach weiter! Alles wird gut! Alles wird gut! Es wird schon! Es wird schon! Alles ergibt einen Sinn! Mach weiter! Glaub an dich! Alles wird gut! Wird gut! Wird gut! Gut! Guuuht! Guhut!"

Gilge und Manuel sammelten die Zettel ein und stopften sie in die Boxen. Als die letzten verschlossen waren, sanken sie zu Boden.

„Wir müssen vorsichtiger sein", sagte Manuel und Gilge nickte.

So kauerten Pierre und Manuel also auf dem Fußboden, als ein Geräusch von der gegenüberliegenden Seite des Raumes sie aufhorchen ließ.

Auf dem Sofa neben dem Fensterloch saß mit übereinanderschlagen Beinen, die Arme weit über die Rückenlehne gebreitet und nur mit Unterhose,

Unterhemd und Goldkettchen bekleidet, unrasiert und mit Pomade im Haar: Pierre Gilgenast. Neben dem Sofa lag eine der Boxen. Zerstört und wahrscheinlich nicht zu reparieren.

„Na, was ist?" fragte Gilge Zwei. „Gibts hier was Anständiges zu trinken?"

‚Hagebuttentee?' stotterte Gilgenast Eins.

Nummer Zwei erhob sich vom Sofa und trat ans Fenster. Er blickte hinaus gen CCH und Elefantenhaus. Dann in die entgegengesetzte Richtung, Richtung Monbijou.

‚Was für eine Missgeburt!' rief Manuel. Die verhinderte Gilgenast Kreatur drehte sich um. In dem Moment hob Manuel vom Boden eine Zimtwecke auf, die alt und daher hart wie Stein war. Er warf sie Pierre Zwei an den Kopf und zwar genau zwischen die Stirn. In dem Moment zerbarst die Figur zu Staub.

„Komm." sagte Pierre.

Als sie schon im Treppenhaus waren, vernahmen sie aus der Wohnung eine pappige Stimme: ‚Die Freischärler werden sich schon um Euch kümmern!'

„Freischärler! Lächerlich!" rief Gilge zurück. Und

Manuel ergänzte: „Diese elenden Revolutionäre! Evolution statt Revolution!"

Sie hasteten die dreiunddreißig Stockwerke hinab.

Fahrt nach Wesselburen

„Und nun?" stöhnte Manuel.

„Warum kamst du eigentlich zu mir?", fragte Pierre.

„Hab ich Dir doch bereits erzählt. Der Knutt schickt mich. Er steckt in der Klemme und benötigt dringend unsere Hilfe. Wir müssen auf dem schnellsten Wege nach Wesselburen! Wo steht Dein Kaffeebechervolvo?"

„Den habe ich nicht mehr. Oder vielmehr: Ich habe ihn verparkt."

„Verparkt?!"

„Na, ich habe ihn irgendwo abgestellt und finde ihn nicht wieder." gestand Pierre.

„Aber komm. In der Tiefgarage müsste noch ein Wagen stehen."

In der Tiefgarage angekommen ging Gilge auf eine Plane zu und zog sie herunter. Darunter offenbarte sich ein Ferrari Daytona Cabriolet.

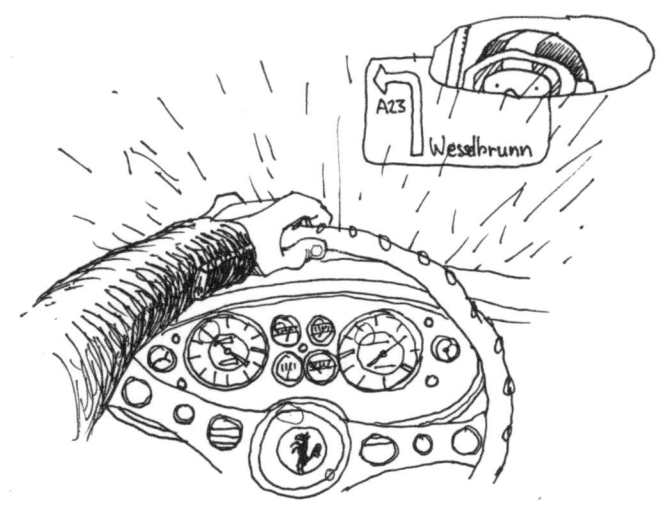

„Krass." entfuhr es Manuel.

„Leider funktioniert das Verdeck nicht. Aber im Kofferraum müssten noch zwei Taucheranzüge liegen. Falls es unterwegs regnen sollte. Wir waren mit der Karre mal in Italien, ich und Cora, noch vor den Kindern, tauchen. Komm, zieh an, sicher ist sicher."

Sie zwängten sich in die porösen Gummianzüge. Setzten die Taucherbrillen auf und die Schnorchel.

Der Bolide sprang sofort an. Er röchelte.

Blauer Qualm umhüllte sie. ‚Läuft nur noch auf 10 Zylindern.' sagte Gilgenast.

Schliesslich, nachdem sie die erforderlichen Einkäufe für den Knutt erledigt hatten, fuhren sie auf der A23 Richtung Norden. Sie tankten und erstanden noch einige Fernfahrerpornos, fielen in ihren Anzügen jedoch nicht weiter auf. In Wesselburen war die Kohlernte in vollem Gange. Am Straßenrand wurde Kohlsuppe feilgeboten.

‚Könnten wir kurz für eine Kohlsuppe anhalten?‘ fragte Manuel durch den Schnorchel. Kurzerhand fuhr Pierre rechts auf einen Schotterplatz zu einem Stand.

„Gnädige Frau, möchten sie zwei Tauchern aus der Hansestadt wohl Proben Ihrer sicher vorzüglichen Kohlsuppe kredenzen?“ versuchte es Pierre. Manuel schämte sich.

Die Kohlsuppenfrau öffnete ihren Mund und etwas zeitversetzt kam ein Lachen aus ihrer Kehle. Sie füllte zwei Holzschalen mit der Kohlsuppe auf.

„Mit Wurst sicherlich?“

Sie fügte jedem Schälchen eine grobe Wurst obenauf hinzu. Einen Klacks Senf. Die Frau lachte wieder und gleichzeitig entwich ihr ein Furz, was sie wiederum zu einem noch tieferen Lachen ermunterte. Und einen weiteren Furz hervorrief.

„Perpetuum Mobile“ murmelte Gilgenast.

Tunkte die Grobwurst in den Senfklacks und biss hinein. Um sich alsbald in einem Hustenanfall wiederzufinden.

„Scharf!" frohlockte die Alte und reichte ihm einen Tonkrug. „Trink!" forderte sie ihn auf. Pierre setzte an und kippte sich den Krug in einem Zug in den Schnorchel. Dithmarscher Kohlsuppenbier.

„Respect the Architect!" rief die Alte und lachte. „Wir sehen uns noch!"

Die beiden Taucher löffelten die Kohlsuppe.

Woher wusste sie, dass er Architekt war? Aus der MOPO etwa? Ihm kam die Alte eigenartig vertraut vor.

Sie fuhren weiter, nachdem Manuel mit seinem Bargeld, welches er vom Wachsjackenopa bekommen hatte, gezahlt hatte. Es entfaltete sich ein Sonnenuntergang in einer Farbigkeit, wie er nur in der Marsch zu sehen war. Es dröhnte der Bolide, darüber lag ein Klangteppich aus Fürzen. Daraus ergab sich ein Sound, wie er Mitte der Neunziger bis Ende der Nullerjahre in Hamburger Clubs gespielt wurde. Zunächst Minimal. Dann Schranz. Später Sägezahn.

Über diesen Sound wurde in diversen Magazinen

geschrieben: War er kapitalistisch? Welche Schuhe sollte man dazu tragen? Poplinks? Und angrenzend: Kam die afrikanische Diaspora vom Mars? Oder gar aus der Zukunft? Beides? Nun war es klar: Sie wurde in Wesselburen gekocht und in Maranello zusammengeschraubt. Gespielt von einem Langzeitstudenten der Erziehungswissenschaften mit nicht diagnostiziertem Asperger-Syndrom und seinem altersmilden Freund und Skandal-Architekten. Eine tragische Figur in chronischer Seelennot. Diese Musik kam also tatsächlich aus der Zukunft.

Es wurde dunkel, als Gilgenast den Boliden in einem Waldweg ausrollen ließ. Sein Hals brannte von der Suppe. Sie hatte zudem einen irgendwie komischen Beigeschmack. Hätte er denn ahnen können, dass in der Kohlbrühe Menschenfleisch verarbeitet worden war?

Die Nachtwache

„Wir werden hier unser Lager aufschlagen und bei Anbruch der Dämmerung weiterfahren." sprach Pierre Gilgenast, öffnete den Kofferraum und warf zwei Schlafsäcke auf den Boden.

Es war kühl. Er entzündete ein kleines Feuer.

„Ich übernehme die erste Wache- leg Dich ruhig schlafen." sagte Pierre. Manuel schlief schlecht, er schwitzte die Kohlsuppe, den Senf und die Wurst aus, furzte und stöhnte. Schranz. Er träumte von der Kohlsuppenfrau, die ihm als Zentaur erschien. Er erblickte eine Feuerwalze, die sich langsam und stetig durch die Marsch gen Sylt frass.

Gilge lehnte am Ferrari, rauchte Pall Mall, die er im Handschuhfach gefunden hatte, und sinnierte ins Feuer.

Er dachte an Minimal Techno und an den schäbigen Golden Pudel Club am Hafen. Daran, wie er während einer Ausstellung von Totenkopfzeichnungen von Rüfftatta3000 nachts in der Galerie des Golden Pudel Clubs letztendliche Einsicht in die Unsterblichkeit erlangt hatte. Es war ernüchternd gewesen: Alles ging einfach immer weiter. Und er dachte daran, wie dieses Thema von den Hamburger Nydahl-Buddhisten damals hypemäßig hochgejazzt worden war.

„Überhaupt Jazz." murmelte Gilge und blickte ins Feuer.

Der Knutt in Not

Der Knutt war mittlerweile nackt in der Knechtmansarde. Das letzte Heft war verbrannt, der Herd erkaltet, aber in seinem Herzen breitete sich Wärme aus. Die Freunde hatten ihn vergessen und er würde wahrscheinlich verhungern. War er wieder einmal zu fordernd gewesen am Telefon? Oder im Gegenteil, nicht überzeugend genug? Tod in Wesselburen. Wenn er ins Totenreich eintreten würde, wäre es Friedrich Hebbel, der ihn dort empfangen würde?

„Halb aus dem Schlummer erwacht,
den ich traumlos getrunken,
ach, wie war ich versunken
in die unendliche Nacht!

Tiefes Verdämmern des Seins,
denkend nichts, doch empfindend!
Nichtig mir selber entschwindend,
Schatten mit Schatten zu eins!"

Schließlich schlich sich der Knutt inmitten der Nacht zum Haupthof des Wurstbauern hinüber, um ihm nur vorübergehend einige Holtscheite zu entwenden. Er würde sie ganz sicher auch zurückgeben.

Als er auf dem Kopfsteinpflaster stand, gingen in allen Ecken des Hofes Flutlichter an, die an Masten befestigt waren. Mit einem Male war der Hof von einem weissen Licht erhellt, nicht nur der Hof, das halbe Dorf befand sich in diesem Lichtkegel. Aus einem Lautsprecher, der am Giebel der Scheune angebracht war, ertönte eine Stimme, die an Adolf Hitler gemahnte: ‚Legen Sie sich flach auf den Boden und strecken sie alle Viere von sich!' Der Knutt nahm im Gegenteil die Flügel in die Hand und wollte gerade durchstarten, da wurde er von einer harten Hand emporgehoben und blickte in zwei Augen.

„Dich hab ich schon länger auf dem Kieker, Du Schmarotzer! Hältst Dich wohl für was Besseres!" Mit diesen Worten sperrte er den Knutt in eine Schweinebox.

Unruhige Träume

Unsere kleine Reisegruppe war nur wenige Kilometer entfernt von Wesselburen. Manuel, der die

Feuerwacht innehatte, sah mit einem Male einen gewaltigen Lichtdom einige Kilometer entfernt aufgehen.

Nun suchten Gilgenast die Kohlsuppenträume heim. Er träumte von seinem alten Kommilitonen und Freund Friedrich Schmerz. Er träumte von Misstrauen und Zwietracht, von durchfeierten Nächten, an deren Ende sie sich gar einmal geküsst hatten. Erschrocken darüber brachen die Freunde den Kontakt ab. Sägezahn. Keiner von beiden war in der Lage gewesen, über das Geschehene zu sprechen. Selbst bei der Begegnung vor einigen Monaten vor der Kaffeeklappe herrschte Schweigen.

Die Freischärler

Frühmorgens, als sowohl Gilge als auch Manuel schliefen und sich ihre Träume gerade synchronisierten, hielt ein Pritschenwagen neben dem Lager der Nomaden. Der Diesel tackerte im Leerlauf, wovon die Freunde erwachten.

„Gebt uns die Schlüssel der Luxuskarre." vernahm Gilge eine Stimme. Er blinzelte ins Licht und sah eine Frau, in Tücher gehüllt. Daneben ein Typ mit Armeehosen und Stiefeln. Er trug keine Oberbekleidung, hatte stattdessen ein T-Shirt mit der Aufschrift ‚older colder stronger' auf den Oberkörper tätowiert. Die Freischärler.

„Ist das nicht kalt so?" fragte Pierre.

„Nein, es wurde eine Tinte mit Wärmepigmenten verwendet. Gibts auch mit Goretex demnächst.'" erwiderte der Mann.

"Gebt uns die Wagenschlüssel. Die Karre wird eingezogen." wiederholte die Frau.

„Ihr befindet Euch auf dem Territorium der Zweiten Freien Republik Dithmarschen, sämtliche Personenkraftwagen mit einem Nennwert von über 30.000 Euro werden konfisziert und dem Allgemeinwohl zugeführt.' sagte der junge Mensch und kraulte seinen Bart.

„Ey, warte mal." Der Mann betrachtete Gilgenast genauer. „Bist du nicht dieser komische Bunker-Typ? Dieser Idiot mit den Kitas? Guck mal, Stella!" sagte er zu seiner Begleiterin.

„Respect the Architect." entfuhr es Gilge. „Allgemeinwohl? Was soll das denn sein?"

‚Knutt sendet mir Mikrowellen. Ich kann sie ganz

klar empfangen. Er muss ganz in der Nähe sein."
sagte Manuel.

‚Wenn man vorne auf der Bühne etwas verschiebt,
so verändert sich etwas im Unterbewusstsein.'
dachte Gilge. Seine Kniegelenke schmerzten von
der Nachtwache, die er kauernd vor dem Feuer
verbracht hatte. Er blickte zum Ferrari.

„Konfisziert." wiederholte er. Im selben Moment
stand Manuel auf und berührte die beiden Freischärler mit den Zeigefingern zwischen den Au-
genbrauen. Fast streichelte er nur die feinen Här-
chen. Es sah zwar alles leicht und fließend aus, es
fiel ihm jedoch ganz besonders schwer, diese
Übung auszuführen, da er noch keinen Morgenkaf-
fee gehabt hatte.

‚Doch wer verschiebt etwas auf der Bühne?' dachte Gilgenast weiter. ‚Wer denkt?' grummelte er.
Sie legten die beiden Revoluzzer auf die Pritsche
des Kastenwagens. Sie waren unter den Berührun-
gen Manuels in einen Tiefschlaf gefallen.
Zeitgleich konnte man am Horizont drei Kranken-
wagen fliegen sehen, die am Himmel einen Bogen
beschrieben.

Nahtod

Währenddessen lag der Knutt im Schweinestall und war am erfrieren. Er war bereits im Delirium. Seine Nahtoderfahrung war ein Leuchten, das aus einem Tunnel kam. „Irgendwie langweilig", delirierte der Knutt vor sich hin. Er hatte sich ehrlich gesagt etwas Spektakuläreres erhofft.

Aus dem Licht heraus vernahm er ein Piepen, das er als den Klang der Stimme eines ostasiatischen Vogels identifizierte, dem er vor langer Zeit begegnet war und der ihn aus dem lichten Jenseits heraus begrüßte. „Wahrscheinlich mein persönlicher Fährmann", dachte der Knutt, als sich der Gesang zu Worten formte: „Wenn Du alles liebst, was du tust, dann tust du nur das, was Du liebst."

„Stimmt", dachte der Knutt. „So Zeug hat der Vogel immer geredet."

Genau wie dieser menschliche Grinsevogel. An den würde er also als Letztes denken, bevor er starb, während die Schweine um ihn herum weiterleben würden.

„Moment mal!", dachte der Knutt. „Was hatte das Grinsemonster noch kürzlich gesagt: „Das Ergebnis, zu dem ich nach 60 Jahren intensiven Meditierens und Nachdenkens gelangt bin, ist: „Nichts existiert unabhängig."

Sechzig Jahre musste dieser Erleuchtete meditieren, um zu dieser Erkenntnis zu gelangen. Der Knutt hatte im Angesicht der Tatsache, dass er erfror, während die Schweine weiterschmatzten, nicht einmal eine Sekunde für die Erkenntnis gebraucht, die er aus Respekt vor der Weisheit des Grinsemonsters so formulierte: „Nichts existiert unabhängig und alles existiert unabhängig von allem."

Das Leuchten wurde schwächer, der ostasiatische Vogel winkte ihm zu und der Knutt war von unendlicher Liebe zum Stall ausmisten beseelt, womit er auch sofort begann. Zuvor hatte er sich allerdings noch im Schlamm gewälzt. Die sich bildende Kruste umschmiegte ihn mit wohliger Wärme und gab ihm die Kraft, voller Liebe Schaufel und Besen zu führen.

Verkleidung

Manuel und Pierre hatten sich kurzerhand die Kostüme der eingeschlummerten Freischärler zueigen gemacht: Gilgenast hatte sich seines Hemdes entledigt und sich mit einem Filzschreiber ‚older weaker softer' von Manuel auf den freien Oberkörper schreiben lassen- der wiederrum zog die etwas zu kleine Kluft der jungen Revoluzzerin an- womit er aussah wie eine alternative Wendland-Version von Jesus. Er hatte ihr zusätzlich die Wursthaare abgeschnitten und Pierre hatte sie mit Manuels dünnen Haaren verknüpft.

Den Ferrari hatten sie kurzerhand hinter einer vermeintlich verlassenen Scheune geparkt. Die Scheune sollte sich als das beliebte Hofcafé namens Koog-Café entpuppen - Gilgenasts Ferrari würde dort bei den Gästen für einiges Aufsehen sorgen - und es bis in die Hamburger MOPO schaffen, was wiederum einige Kettenreaktionen in Gang setzen würde - ‚Ferrari des Skandalbunkerarchitekten Gilgenast in Dithmarschen aufgetaucht- Architekt seit Wochen vermisst- das sagt seine Exfrau dazu'. So ähnlich.

Wiedersehen

Der Knutt war unterdessen nach getaner Arbeit im Stall eingeschlafen. Als er erwachte, fand er sich in einem hart gewordenen Schlammkokon wieder. Es war dunkel. Er klopfte mit seinem Schnabel ein Loch in die tönerne Hülle und blickte durch das offene Stalltor hinaus. Ein weißer Pritschenwagen holperte auf den Hof, das Licht der Scheinwerfer erfasste ihn kurz. Das Volant bediente ein Mann mit freiem Oberkörper, daneben eine wursthaar-bewehrte Frau. Was zum Geier war das?!

‚What the Knutt?‘ murmelte er einen verhinderten Aufkleberspruch in den Kokon.

Der mit dem freien Oberkörper redete wild auf die Olle ein. Die aber hob nur die Schultern und sagte: „Es gibt in der Tatsache, geboren zu werden, einen solchen Mangel an Notwendigkeit, dass man, wenn man darüber nachsinnt, mit einem dümmlichen Lächeln dasteht, weil man nicht weiß, wie man sich verhalten soll.“

Dem Knutt wurde ganz warm ums Herz. Sie sprach wie sein alter Freund Emil. Oder war es Manuel? Und der Typ mit dem freien Oberkörper erinnerte ihn von der zur Schau gestellten Körperspannung und Thermoplastik an... Gilgenast?!

Jetzt sah er schon in irgendwelchen dahergelaufenen Freaks seine Freunde, die ihn so schmählich im Stich gelassen hatten. So tief also saß die Enttäuschung über ihren Verrat. Leider würden das nun diese beiden verkorksten Typen ausbaden müssen.

Unterdessen saß der Landwirt in seiner Küche am Tisch. Er hatte gerade ein Messer an die Wurst gesetzt, um sich eine drei Zentimeter dicke Scheibe abzuschneiden, da wurde auch er von den Scheinwerfern des Pritschenwagens erfasst, der auf den Platz holperte. Als die Lichtkegel ihn wieder entließen, sah er in seinem Kopfkino für einige Momente türkisfarbene, wurstförmige Schatten vor einem tanzenden, schwarz-weiß gekachelten Mosaik. Er blinzelte.

Die Lichtkegel spuckten ihn aus und warfen ihn ins Dunkle der Küche zurück. Er legte das Messer beiseite und trat ans Fenster. Wer würde es wagen? Über allem hing der Mond: Fetter, gelbsüchtiger Sextourist, der vor dem Fenster abhängt und seine curryfarbenen Lichtfinger ausstreckt.

Der Mond beobachtete die Szenerie schon eine ganze Weile. Es war Ende Dezember. Er fieberte bereits dem Zahltag entgegen. Das Weihnachtsgeld hatte er bereits verprasst.

Der Bauer trat mit einer Mistforke vor die Türe der Bauernstube. Sein Schatten aufs Kopfsteinpflaster geworfen.

„Freischärler! Hier gibt es nichts für Euch! Mein Geld ist unterm Kopfkissen und das Kopfkissen lagert im Bankschliessfach! Es ist das Kopfkissen meiner verstorbenen Frau Margarethe! Es befindet sich Haar von ihr darauf! Gebenedeit seist Du, Marga. Und meine Wurst! Die ist aus feinstem Schweinefleisch! Gestopft in Kälberdarm! Jenseits von vegan. Meine Schweine bekommt Ihr nicht!"

Der Mond richtete seine Taschenlampe auf den Landwirt und schob sich etwas Popcorn in den Krater. Spannend. Die beiden verkleideten Freischärler wichen zurück.

Dem Knutt war unterdessen das Wasser im Schnabel zusammengelaufen. „Ich hab echt Appetit auf Bratwurst mit Senf", dachte er und sprach: „Schau mal, Bauer, ich hab Deinen Stall ausgemistet."

„Echt jetzt?", fragte der Wurstbauer und warf einen Blick in den Schweinestall. „Ist nicht wahr!", rief er und warf sich dem Knutt um den Hals. „Du geile Sau, du!"

„Lass mal stecken", sagte der Knutt. „Spendier lieber Bratwurst."

„Wird sofort erledigt!", sagte der Bauer und eilte ins Haus.

„Und jetzt zu Euch, ihr Schweinepriester!"

Mit einem einzigen Atemzug sprengte der Knutt seinen tönernen Brustpanzer, dass es nur so krachte und es Lehmbrocken regnete.

„Verdammt, Knutt! Da bist Du ja!", keuchte Gilge und dem Mond wurde ganz heiß.

„Hallo Knutt. Du hattest unlängst angerufen?" fragte Manuel gewohnt aspergeresk.

„Ganz schön warm hier", grölte der Bauer, als er mit einer dampfenden Wurstplatte zurückkam.

„Halt mal kurz den Rand", herrschte der Knutt ihn an. „Ich hab hier gerade ne komplexe Situation zu koordinieren."

„Wir haben Hefte dabei und Köm. Den Kohl mussten wir selber essen", stammelte Manuel.

„Und du bist nackt", ergänzte Gilge trocken.

„Und wenn ich's mir recht überlege, ist das auch das Beste bei der Hitze.

„Deine Kluft sieht auch echt peinlich aus", ätzte der Knutt, während sich nicht nur Gilge quasi mauserte.

„Genau wie früher!", wollte Manuel gerade seufzen, als es im Gebüsch raschelte.

„Was für ein Zufall!", rülpste der Bauer. „Kaum haben wir uns aus der Schale befreit, tauchen die Freischärler auf", haute er schenkelklopfend raus.

„Wir sind so frei und machen uns frei", sagte der

Typ schüchtern. „Und dann lassen wir uns nieder",
sagte das Mädchen, dem seine Frisur ein bisschen
peinlich war.

„Make love not Peace", raunte Gilge in seinen
Dreitagebart.

„Hier, haut rein", sagte der Knutt und reichte den
beiden eine Wurst.

„Ist auch vegan."

„Echt jetzt?", staunte das Mädchen mit vollem
Mund. „Schmeckt voll nach Schweinefleisch. Echt
krass, was die heute alles so hinkriegen."

„Ja krass", echote der Junge und alle nickten zu-
stimmend.

Epilog:

Der hier vorliegende Text entstand, indem sich die Autoren in einem SMS-Austausch gegenseitig Texte sendeten. Anhand dieser SMS-Technik entwickelte sich in loser Abfolge über einige Jahre eine Erzählung, deren erster Teil hier zu lesen ist.

Olaf Zelewski:

Geboren 1976 in Nordburg, aufgewachsen in einer Jazzer-Familie. Erfinder von Pierre Gilgenast und der Kohlsuppen-frau. Die Liebe zu Comics, Häfen und der Hamburger Schule verschlug ihn zunächst in die Hansestadt.

Geprägt hat ihn das Eingebettetsein zwischen Nordsee und Elbe sowie die unendliche Weite und Plattheit der Landschaft und ihrer Bewohner.

Sitzt meist auf einer Bank mit Blick auf die Elbe oder auf dem Fahrrad und lässt ein Duplikat seiner Selbst die Dinge regeln: Familie, Job, Kaffeezubereitung.

Will einmal erleben, dass ihm Nachts bei Vollmond die Westküstenflut im Bikepacking-Schlafsack die Füße kitzelt.

Markus Pithan:

Geboren 1967 in Mittelhessen, Erfinder vom Knutt und Ma-nuel. Die Liebe zu Büchern und Häfen verschlug ihn zu-nächst nach Hamburg und seither immer weiter an die Strän-de des Nordens.

Liebhaber der melancholischen Weite von Westerhever, sitzt er seither dort auf einem bequemen Stuhl auf dem Deich mit Blick auf den Leuchtturm und lässt währenddessen sein Alter Ego die weltlichen Dinge regeln: Familie, Leitungstätigkeit in der Eingliederungshilfe als Kunstform, Musik, Literatur, Gassi gehen, und - Dolores auf den Schoß geschmiegt - auf einem bequemen Stuhl auf dem Deich sitzen.

Will einmal - monadisch verschlungen - Landunter auf Lan-geneß erleben.